お祖母ちゃんと一緒

中村椿
NAKAMURA Tsubaki

文芸社

お祖母ちゃんと一緒　目次

第一章……4
第二章……48
第三章……74

お祖母ちゃんと一緒

第一章

1

何かの間違いで人間に生まれてしまった。子供の頃からずっとそう思い続けている。わたしはなぜこんな人間になってしまったのか。欠陥人間になった原因が全て血筋のせいだとは言わない。けれど、思考とか努力とか性格とか、そういうものではどうすることも出来ない『根』があるように思えてならない。環境や経験で成長するだろうけれども、予期せぬ時に『根』が顔を出す。出てきてはいけない時に出てくる。自分でコントロール出来ないもの。『根』を考えていくと、両親、祖父母と似ているところがあり、これは遺伝なのかと思う節もあるのだが、そうだとしたら、わたしは悪いものだけを遺伝してしまったのか？　年の近いいとこ達は皆優秀なのだ。勉強も出来て社会性があって人柄も良い。わたしに欠けているものを持っている。

血縁関係のみならず、血の繋がりがなくても戸籍上家族であれば、否応なく自分の人生に影響する。宿命というものを思い知らされるのだ。運命は変えられるけど宿命は変えられない。日本人であることも人間に生まれたことも血縁関係も、自分のせいではない。自分のせいではなくても、自分の人生は自分の責任で生きていくしかないのである。

「子供は親を選んで生まれてくる」

「親を悪く言うもんじゃない」

こういった言葉に傷ついた人、憤りを感じた人は少なからずいるのではないだろうか。子供を虐待して死なせるような親を選ぶだろうか。非常識で社会性のない親を見て、黙っていられるだろうか。親を尊敬している、家族大好き、自分大好きという人にはごもっともな言葉なのかもしれないが。付け加えるべきだ。

「ただし幸福な家庭限定」と。

わたしには四人の祖母がいる。正式には二人なのだけれど、四人とも年がだいたい同じで、わたしの面倒をみてくれたので、皆お祖母ちゃんだと思っている。四人はすでに他界した。一人を除いて三人は長生きだった。それぞれが波乱万丈な人生。戦争を体験していることもあるが、個人の人生も大変なものだったようだ。生き方が下手なわたしを、ポンコツだったわたしを、祖母達は見守ってくれた。

駅前の駐車場はいつもいっぱいだ。小さな町のわりに住民が多い。M駅は令和になってから開発が進み、建設中のタワーマンションには店舗も入るというから、数年後には町の雰囲気は随分変わるのだろう。

珍しくもない町の駐車場は、昔、駅前旅館だった。現代では聞かなくなったけれど、昭和時代にはあちこちにあった。そこには悪名高き訳アリの女主人がいた。わたしの祖母である。駅前旅館はとても繁盛していて、大勢の様々なお客様が訪れたが、彼らを上回る強烈な存在が女主人キミエだった。

我が家は六人で暮らしていた。両親と母方の祖母、親戚の叔父叔母、わたし。叔父叔母は夫婦で、父方の祖母の弟とその妻である。不思議な構成だ。母と祖母は親子、父、叔父夫婦。母の父親つまり祖父は、愛人を作って家を出ていた。わたしを可愛がってくれたのは祖母と叔母だ。ひとつ屋根の下に二人の〝おばあちゃん〟がいた。

自分の子供を育てない、育てようとしない親がいる。わたしは両親に育てられていない。躾《しつけ》ひとつ、箸の持ち方すら教えてもらっていない。父は放ったらかしでも子供は育つと思っていたのか、何もしなかった。初めての父親参観日も学校には来ず、趣味の囲碁をやりに行っていた。担任の先生から「お父さんが来てなかったのは中村さん一人だけで可哀想だった」と言われたよ、と母から聞いた。仕事や急用ではなく、病気でもなく、面倒くさいから行かない。そういう父親だった。けれども愛情がなかったわけではない。

母方の祖母キミエはとにかく強い人だった。強すぎて嫌われる。知性も教養もないが稼ぐ力はあった。お金を使っても使った分貯める。少しずつでも確実に増やしていく。その恩恵にあやかって、というより甘えに甘えて、両親は働いていなかった。自営業はうまくいっていたけれど、働いていたのはキミエと、同居の叔母和子で、忙しい時でも両親は手伝わなかった。働かないで何をしていたのか。父は昼間は囲碁サロンに居座り、閉店までいて、その足で飲み屋に直行し真夜中に帰って来る。朝は十時頃起きて身支度や食事をして、また囲碁サロンへ行く。毎日その繰り返しだった。それにつけても、食事やお風呂の準備、着替えの用意まで母は一切やらず、父の面倒は和子がみていたとは。明らかに一般家庭とは違うことを、子供のわたしは理解出来ていなかった。

母はパートをやったりやらなかったり、気が向けば家事をちょこっとやるだけで、ほとんど家にいた。幼稚園の時、お弁当を作るのが苦痛だったようで、朝準備をしながら「毎日早く起きて作らなきゃいけない」「あんたのせいで苦労しなきゃいけない」と文句を言っていたのを覚えている。朝食も、小四くらいまではやってくれていたけれど、途中からやらなくなり、わたしが支度して出て行くまで寝ていて、いってらっしゃいの一言もなかった。

朝のこんな状況を家族は知らなかった。キミエと和子は深夜まで仕事をし、徹夜することもあるから、朝は二人とも睡眠をとっているか仕事をしているかで、わたしの世話まで出来ない。父は熟睡中である。当のわたしは、目覚まし時計をかけていても寝坊はしょっちゅうで、遅刻ギリギリに家を出ることも多かった。いつのまにか朝食は食べなくなり、お水かお湯を一杯飲むだけになっていた。家族と一緒に暮らしているのに、朝一人ぼっちで過ごすのは奇妙で寂しいと感じていたけれど、小六になってからは、一人のほうが楽だと思うようになった。朝から小言を言われるより、一人のほうが気分良く学校に行ける。

両親よりも、キミエや和子と一緒にいることが多かったのに、二人の人生をほとんど知らない。二人とも自分のことはあまり話さなかった、あるいは話したくなかったのかもしれない。それでも時折、昔話を口に出すことがあった。母は自分の親であるキミエの半生を、『新潟県出身』以外何も知らないようだった。キミエが母よりも父に色々話していたらしく、父のほうがよく知っていた。自分の娘よりも父を信用していたのだろうか。

新潟で生まれたキミエは複雑な環境で育った。母親は未婚で産み、若くして亡くなった。なぜ結婚を許してもらえなかったのか不明だが、父親は近くに住んでいて、朝仕事に行く時家の前を通り、窓から見ていた母親とキミエに手を振ってくれたという。軍服を着て馬に乗っていたらしい。母親が亡くなったあと、親戚の家を転々としていた。

キミエが他界した時、区役所でもらった戸籍が膨大な量で驚いたことがある。ひとつの家に長くいられず、あっちに行ったりこっちに行ったり、同じ所に戻って来たり、またよそへ行ったり。戸籍を見ただけで幸せでなかった少女時代を想像出来てしまい、悲しくなったのだった。

キミエはどの家でも可愛がられなかった。夜勉強していたら電気を消されたり、嫌味を言われ怒鳴られ、栄養失調で目が見えなくなったこともある。ある日、どこで出会ったのか知らないが、行商をしていた祖父と一緒に山梨県へ行った。祖父の実家である。そこから二人で東京に出て来た。しばらくは浅草に住み、現在の場所に移り住んだ。その時母は三歳であった。母の記憶では、物心ついた時には二人は仲が悪くなっていて、祖父は家を出ていた。ところがある日、祖父が小さな男の子を連れて来て、これからこの子を引き取ってくれる所を探すと言い、男の子の荷物にはまとまったお金が付いていた。お金に目が眩《くら》んで、というのは母の見解なのだけれど、男の子はキミエが引き取ることになり、戸籍上は母の弟として一緒に暮らしたのである。母は「お母さんは強欲でお金に目がない」と言うが、キミエの本当の気持ちは分からない。

不幸は連鎖する。あの親にこの子あり。虐待された人は、自分の子供にも虐待するケースが多いという。それもそのはず。躾《しつけ》も常識も教わっていない人は、自分が知らないのだから子供に教えられるわけがない。暴力を受けてきた人は、他にやり方を知らないから、同じことをしてしまう。よく「自分が家庭に恵まれなかった分、自分は幸せな家庭を作ろうとは思わないの？」などと、無神経なことを聞く人がいる。脳天気なこと言っているんじゃない。何が幸せなのか分からない人もいるのだ。つまり、普通というものが分からないのだ。しかしそれは本人のせいではない。わたしが人様に対して不幸か幸せかなんて決められないけれど、そこまでおこがましくはないし、無礼ではないけれど、人生のある時期は不幸だった人、生涯を通して幸せとは言えなかった人は、確実にいるのだ。

愛情を与えられず大人になったキミエは、強くなるしか術《すべ》がなかったのだと思う。小さな子が、普通なら守られて可愛がられる時期の子が、誰にも守ってもらえず冷たくされた。そのうち自分が傷ついていることに麻痺して、人を傷つけることに鈍感になる。初めての子育てで、教えてくれる人もいない中、二人の子供を育てなければいけなかったが、とても乱暴で暴言ばかり吐き、近所でも有名だった。母は今でも時々、昔からいる近所のお婆さんに「あなたと弟さんはいじめられて大変だったわねえ」と言われるくらいである。

わたしにとってキミエは、可愛がってくれた存在で、欲しいものを買ってくれるお祖母ちゃんだった。しかし子供にも分かるくらい、性格に難があった。母から過去にあったことをたくさん聞いている。

毒親という言葉がある。母にとってキミエはまさしく毒親であった。

「言うこと聞かないと承知しねえぞ！」

「悪党め！」

としょっちゅう怒鳴り、人前でも、

「この子はバカでどうしようもない」

と言い触らす。何でも勝手に自分が決めて、ああしろこうしろと命令する。意思をなくしてしまうほど抑えつけられ、言う通りにさせられた。口の悪さは凄まじかったらしい。「ちきしょうめ！」「バカは黙ってろ！」「コノヤロー！」。子供がダメになるような暴言ばかり吐いて、母は本当に何も出来ない人間になってしまった。

その一方でお金には甘い。大富豪のような贅沢は出来ないにしても、生活に困ることはなく、ケチらなかった。自分の娘をお嬢様に仕立て上げたかったのか、本人がやりたいわけでもないのに、日本舞踊を習わせ、お小遣いが足りなくなれば更にあげていた。母はキミエに対する憎しみが大きいから、

「お金で言うこと聞かせようとしたんだよ」

と言うけれど、別の角度からみれば、愛し方も愛され方も知らない女性が、どうすればいいか分からないながら、自分の気持ちを伝える唯一の方法がお金だったのかもしれない。

「お金で愛情表現することしか出来なかったんじゃないの?」

と母に言ったら、

「あのババアに愛情なんかないよ」

と返ってきた。

母の子供時代は可哀想としか言いようがない。当時、自宅と仕事場は隣接していて、自由に往き来出来た。母が仕事場にちょこっと顔を出したら、キミエはいきなり「おまえはあっち行ってろ!」と怒鳴りつけた。お金の勘定を手伝おうとしたら「おまえが触るんじゃないよ!」と、母にしてみれば存在を否定されているようなものだった。また、孫のわたしが聞いても軽蔑するような出来事がある。

ある日母が近所の家に遊びに行った時、そこには体の不自由な男の子がいて、一緒に遊んでいた。するとキミエが大声で母を呼び、あんまりうるさいので帰ったら、言われた。

「あんな子と遊んで。障害がうつったらどうするんだ」

憎悪がピークに達した母は、クソババアくたばれ、と心の中で叫んだあと、

「今言ったこと、あそこの家に言って来てやる」

と怒り、キミエは慌てて止めた。キミエにはそういうところがあるのだ。無知というか、誰かから間違った知識を聞いたのか。左利きの人は障害者だとか、女の子はおかっぱじゃなきゃいけないとか、いくら昔の人だとはいえ、頭大丈夫かと言いたくなる。そして母の弟にはもっとひどかった。


和子叔母さんがうちに来る前に、山田さんという女性が働きに来ていた。わたしはその人に会ったことはない。彼女もキミエからひどい扱いされていて、陰で

泣いていた。お風呂に入っている時、入浴中だと分かっているのに、用事があると風呂場まで呼びに行く。細かいことにいちいち口出ししてきて、言い返すと、使用人の言うことか！　と怒る。なんでこんな惨めな思いしなきゃいけないの、と母に話していた。

母と山田さんは弟がひどい目に遭っているのを知っていて、何を血迷ったのか、二人で一緒に、あなたは本当の子ではない、もらわれたんだよ、と弟に事実を言ったのである。この話を母から聞いた時わたしは、幼い子に突然事実を突きつけるのは酷だったんじゃないの、と腹を立てた。

「いつかは分かることなんだから、言ったほうが、なぜいじめられているのか納得出来るでしょ」

アホかよ。子供の気持ちをまるで考えない母に、お祖母ちゃんと同じだねと言ってやった。

弟の実の親の情報は一切分からない。しかし自分が引き取ると決めておいて、なぜ虐待したのだろう。ご飯を食べていたら突然顔を殴る。洋服は母のお下がりで男の子なのにスカートを穿かせる。お小遣いをくれなくて、周りの子は皆、駄菓子屋で買って食べているのに自分だけ食べられない。駄菓子も買えないほど貧乏ではないのに。母にはお小遣いをあげていたのだから。胃を悪くして、当分の間お粥《かゆ》にするように医者に言われたにもかかわらず、天ぷらを食べさせた。寒い季節に薄着させて、よその家の洗濯物にブルブル震えながらくるまっていたのを住人が見つけた。お腹が空いていたのだろう、お菓子を万引きし店主がうちに来た。子供だからお巡りさんに言うのも可哀想だと思い来たのだった。万引き癖は治らず、手に負えなくなり、とうとう施設へ預けることになった。母は現在でも当時を思い出して泣きながら言う。

「手癖が悪いってさ、そうなったのは誰のせいだ。万引きは悪いけど、あの子は飢えていたんだよ。ろくなもの食わせないで。かと思えば具合が悪い時に天ぷら食わせてみたり。あの子は本当に可哀想だったよ」

弟の話をする時必ず興奮状態になる。自分が無力で助けてあげられなかった無念があるようだ。

やがて弟は大人になり、就職して、時々うちに顔を見せに来ていた。わたしが会ったのは九歳の頃で、いつもニコニコして優しいオジサンだった。トランプやったりお祭りに行ったり、一緒に遊んでくれた。数年後、結婚して山口県に行った。

山田さんが辞める数年前、及び弟が施設に入る少し前に、母の家庭教師として大学生がやって来た。勉強が出来なくて、あまりにも頭が悪くて、学校の授業についていけないから、キミエが知り合いに紹介してもらったのだ。大学生は、山田さんや弟や母がひどい仕打ちを受けていたことを、ここに来てから知った。大学生にも同じことをするのかと思いきや、少し違った。男性だからなのか、頼りにしているようだった。口の悪さは変わらないものの、頭が良く冷静で頼まれたら断れない、人のいい青年を、信用していたのである。彼は練馬から通っていて、うちからは遠い。そこでキミエは、わざわざ通うのは大変だから住み込みでいたらどうだと打診した。はじめは迷ったけれど、キミエに頼まれてそうすることになった。ただのアルバイトで、練馬に家があるのだから、普通は断るだろうが、キミエのほうがいてほしいみたいだった。やはり男手が必要なのだろうか。女だけでは不安だったのかもしれない。

母は彼が来たことによって、ますます家庭が悪くなったと言っている。彼がまだ通っていた頃の話だ。母は学校にいた。授業中に山田さんが教室に来て先生と話している。先生は同級生の前で、

「家庭教師の方が来ているから今すぐ帰って来るように、との伝言です」

と母に言った。この時ほどキミエを恨んだ時はない。恥をかかせた上に先生にも悪く思われる。けれど先生も先生ではないか。こういう場合、母を呼び出して小

声で説明すればいいわけで、同級生には急用が出来たと言っておけばいいものを、わざと皆に言ったとしか思えない。彼は何をしていたのか。勝手に早く来たのだから待っているべきだ。キミエが山田さんを学校に行かせようとしたなら、止めるべきだろう。そんな早くから来るほうが非常識ではないのか。勉強の教え方も下手だったらしい。しつこくて話が長いから逆に覚えられない。眠くなってしまい、家庭教師をつけても、全く成績は伸びなかった。

母が高校生の時に最も許せないことが起きた。町内会旅行があり、キミエと彼が参加した。バスの中で何か食べていて、キミエが「ほら食え」と彼の口の中に入れた。それを周囲が見ていたのである。その後、友人に言われた。

「あなたの家にいる若い男の人誰？　あなたのお母さんとその人どういう関係なの？　近所の人みんな言ってるよ。デキているんじゃないかって」

その子の親も旅行に参加していたのだ。カンカンに怒ってキミエと彼にぶちまけた。キミエは黙ったままで、彼は怒り出して、そんなこと言うなんて程度が低いなと言った。程度が低いのはあんたも同じだよ。いくらキミエに誘われたからといって、住み込みのアルバイトが町内会の旅行に行くかね？　こういうところにキミエと彼の常識の無さが丸出しになるのだ。彼は言われるままに口を開けたのか？　息子のように思っているのかもしれないが、子供ではないのだ。

何を考えてなのか……キミエは彼と母に結婚話を持ち掛けた。母は高校を卒業して就職していたけれど、彼は家庭教師をやらなくなってからも、他の仕事をするでもなく、うちにいた。無理矢理結婚させられたのだと言う母は、抵抗する力もないし、一人暮らしをする経済力もない。貯金ひとつ出来ない人だから自活は到底無理である。それをいちばんよく分かっているのは本人よりもキミエだ。そういう人間にしてしまったのはキミエなのだけれど、それを棚に上げて、おまえはバカで何も出来ないと文句を言うのは、母親としては最低だと思う。でも、経済的に苦労しなくて済んだのはキミエの力である。だから、母には頼りになる人が必要で、頭のいい人でなければダメだと判断して、二人を結婚させたのかもしれない。しかし、こんな両親及びこんな家庭の元に生まれる子供が、まともに育つのは難しいのだと、誰も想像していなかった。

離婚した祖父はごく稀にうちに来ることがあった。娘の顔が見たいのか、離婚後の後始末があるのか、来た時にはなぜか歓迎されて、祖母も母も父も全員揃った。結婚前の話になるが、祖父と父が二人だけになった時、祖父が言ったらしい。

「ここにいてくれないか。ここを頼む」

父が出て行かなかった理由のひとつである。祖父はわたしが小二まで来ていたけれど、そのうち来なくなった。祖父のことはほとんど覚えていない。

父は明らかに勘違いしていた。実は大学卒業後就職が決まっていた。ところが祖父の言葉がきっかけで断ったのである。普通の感覚で考えれば、ここにいてくれというのは、ただ何もしないでいるという意味ではない。わたしは父に聞いたことがある。

「なんで働かないの？」

「お祖父ちゃんに、ここにいてくれって頼まれたから」
これが答えだった。それはすなわち、キミエに従うという意味でもある。家賃も払わない、生活費も払わない、何か相談された時に少し関わるだけ、それどころかお小遣いまでもらっていたのだから。母は母で、夫がどうだろうと関係なかった。夫婦での話し合い（例えば子供が出来たらああしたいとか、将来はどうするとか）がなく、どうでもいいのだった。

それに輪をかけて、キミエのやり方が悪いのは、夫の世話は妻がやればいいのに、母に何もやらせないで、自分が世話をしていたことだ。あの子じゃ出来ないよと思ったとしても、やらせてみればいい。始めは出来なくても、続けなければ出来るようにはならない。何でも自分が手を出して母にはやらせない。甘やかしているというより、これも一種の虐待だと思う。自主性を奪ったのである。わたしが覚えている範囲で母がやっていたのは、時々の掃除（毎日ではない）、母とわたし二人分の洗濯、お弁当作りくらいだ。それも文句を言いながら。正直、母のお弁当はおいしくなかった。作ってくれるだけましだ、と世間は言うかもしれないが、幼い子にとってはけっこう辛いものだった。作りながら味見をするとか、料理の本を見るとか、練習するとか、一切しない。作りたくないのに作ってやっているんだ、というのが子供にも伝わって、まずいとかどうとかよりも、それが嫌だった。

いかんせん、母はとてつもなくわがままだ。甘やかされて育ったお嬢様だと思われるくらいに、度を越えたわがままである。

2

山田さんが辞めることになり、新しい人を探さなければいけなくなった。同時期に、父の親戚で沖縄から東京に行く予定のご夫婦がいて、住み込みで来てもらうことになった。そのご夫婦が叔父さんと和子叔母さんだった。

わたしとキミエお祖母ちゃんは仲が良かったと思う。大人になった今でこそ気がつくことも多いけれど、子供だったしよく分かっていなかったから、逆にそれが良かったのかもしれない。わたしに対しては母と同じようなことはしなかった。悪態ばかりついている母といるのがしんどくて、仕事場の祖母の所に行くと、好きなだけいさせてくれた。母とケンカして泣きながら行けば、膝の上に乗せて慰めてくれた。仕事の邪魔をしなければ、いくらでもいて大丈夫だった。

人には色々な顔がある。一面だけ見て判断するのはよくない。キミエはひどい母親だ。世間知らずで常識がなく品もない。でもそれだけか？　小五の夏の出来事だ。自宅の玄関前に老婦人が座り込んでいた。和子叔母さんが見つけて聞いたところ、暑くてちょっと休ませてもらっています、と言うのでキミエに報告した。すると、ぬるめのお茶を淹れて、老婦人にあげてとわたしに言った。熱いのでもなく冷たいのでもなく、ぬるめのお茶だ。持って行くと老婦人は喜んで、

「まあ、ちょうどいい。お茶まで頂いて。ありがとうございます」

と笑顔を見せた。そのままをキミエに報告したら、「うん」と言って微笑んだ。

またある時は、知り合いの行商人が雨の中うちに来て、これから売りに行かなきゃいけないと聞いて、

「あんたこんな雨の中大変でしょ。これ全部買うから、ちょっと休んでいきなさい」

と言い、本当に全部買った。どちらが本当のキミエなのだろう。

人間はよく分からない生き物である。自分のことも全て分かっていないのだから、人のことはもっと分からない。だから「書く」のではないだろうか。理解出来るものならば理解したいけれど、それは容易ではない。せいぜい相手と自分との違いを知るくらいが関の山だ。考えても答えが出ないものもある。学校のテストじゃないのだから、分からないものは分からないままでもよい。こんなこと考えないで生きていけたら楽だろうに、と思うことがたくさんある。

わたしは話すのが苦手な子供だった。性格の問題よりも、言語能力の発達が遅

れていたように思う。技術的な意味での話し方が分からないのだ。いざ声を出そうと思った時言葉が出てこない。言葉の選択が出来ない。同学年の子は年相応の言葉を覚え、子供同士の会話が成立しているのに、わたしだけ出来なくて学校が苦痛だった。よその子の家では、家庭での会話というものがあるらしいのだが、うちにはなかった。うちでは一人で過ごすことが多く、ほとんど会話らしいものはなかった。祖母と和子叔母さんは仕事、父は家を空け、母は怒ってばかり。話さない時間が長くなると話す力がなくなってくる。でも心の中では誰かに分かってもらいたかった。色々な家庭環境の子がいて、思っていることを伝えられない子もいるのだと。たった一人でも理解ある大人がいてくれたら、しんどい毎日もまた違っていたのかもしれない。そんな人はいなかった。

生物の本能なのか、同類を見つける嗅覚みたいなものがあるようで、似たような境遇の子達と仲良くなる。コミュニケーション能力がないわたしにも友達が出来て、それぞれ問題を抱えている子達だった。苦しいのは自分だけではないのだと知ったら、少し気持ちが軽くなった。家庭は暗かったけれど、友達と一緒にいる時は楽しかった。本当は辛いだろうに、面白いこととして笑わせてくれる子や、勉強を教えてくれる子や、人間的に優しい子が多かった。

和子叔母さんは働き者だ。本当によく働いていた。キミエと長くやっていけたのはこの人だけである。わたしの面倒もよくみてくれた。食器の洗い方も、初めて包丁を持ったのも、和子叔母さんに教わった。そうめんの茹で方、薄く切ったこんにゃくの真ん中に切り目を入れて、端を切り目に通して手綱《たづな》こんにゃくにする方法、教えてくれたのは彼女だった。

和子とキミエはどちらも気が強い。キミエがあんまりうるさく口出ししてくると、和子も言い返した。旅館の仕事だけでなく、家族の食事の支度、日用品の買い物、清掃、父の着替えの準備や、カミソリやタバコを買って来るのも彼女だった。父の世話を母がやらないことも、自分の物は自分で買いに行けばいいのに行かない父も、おかしいと思うけれど、キミエがやらせなかったのだ。何でも和子にやってもらえばいいと思っているところがあり、母には何も出来ないと決めつけ干渉する。それは結婚して子供を産んでも続いていた。呆れたことに、父は当たり前のようにしていた。

しかし、キミエの仕事のやり方は要領が悪い。未経験のまま旅館を始めたとしても、常識で判断出来ることがあるだろう。まあ……常識がないからこうなるわけだが、普通の感覚というものが欠如している。二十四時間営業ならば、夜勤の人を決めて交代で睡眠をとるなり、食事の時間をずらして交代で休憩するなり、方法があるはずだ。睡眠も食事もみんな同じ時間にして、お客様が来たら途中で席を立たなければならないのは和子なのだ。キミエは行こうとさえしない。ここに働きに来ているのだから和子がやるのが当然だ、という考え方である。なおかつ、近所の人がしょっちゅう訪れ、事務所でお茶飲みを何時間も続ける。ペチャクチャお喋りしている間、和子は労働しているのだ。清掃中に呼びつけられて事務所に行くと、急須を洗ってきてくれと言う。

「急須ぐらい自分で洗ってちょうだい！」

和子はキレた。

振り返ってみると、こんなことをするのは、キミエがやられてきたことなのではないかと思った。人の使い方が分からないから、自分の知っているやり方しか出来ない。知っていることとは自分がやられてきたこと。虐待と同じ構図である。虐待する人が全て同じだとは限らないけれど、愛情いっぱいに育てられていい子だった人が、自分の子供には虐待する、といったケースもあるのかもしれないが、あちこちで悲劇は起きていて、なかなか止めることが出来ない。

叔父夫婦が上京することになった詳しい理由を知らないのだけれど、和子は三人目の妻だと聞いている。二人の間に子供はいない。叔父は変わっている人で、はっきり言うと親戚中から嫌われていた。前妻、前々妻ともに妻のほうから離婚したいと言われ、要は愛想を尽かされて捨てられたのだ。ガードマンや交通整理員など、シニアパートで働いていたが、ギャンブル依存症、特にパチンコで、給料を全部注いでいた。こんなことが出来るのもうちにいたからだと思う。生活費は払わなくていいわけだし、和子には自分の給料がある。母は「あのババアは金にモノ言わせて人をこき使うんだ」と憎まれ口を言うが、キミエは父の親戚から、依存症のことや諸々の事情を聞いていて、あの夫婦をよろしくお願いしますと頼まれていたのだった。

わたしにとって叔父は少し怖い人に見えた。無口であまり自分から話さない。そのわりに怒りっぽくて、とっつきにくかった。でも、我が家は家庭不和であることは叔父も把握していた。ある日、夕刊を叔父へ持って行くと、

「ちょっと三階へ行ってみようか」

とわたしを誘った。三階の屋上は物干し場になっており、お手伝いをしによく行っていたけれど、夕方に行くのは初めてだった。叔父の後をついて屋上に出た。

「見てごらん」

叔父の目線と同じほうを見た。

「きれい！」

鮮やかな夕焼けが、そこにあった。見入った。本当にきれいだ！　夕陽を見ているわたしに叔父は言った。

「人間にはこういう時間がないとダメなんだよ」

意外にも、穏やかな口調で優しく微笑んでいた。

和子は読み書きが出来なかった。領収書はキミエが書いていて、薬の説明書なども誰かに読んでもらっていた。それに気がついたのは、和子が新聞を読んでくれと言った時だ。何の疑問も持たずに読んで聞かせたけれど、ペン習字の広告を見て、習おうかな、字を習いたい、と呟いた。読み書きは出来なくても、計算は早かった。お釣りなどパッと計算してサッと出していた。わたしは算数が苦手だったから「おばちゃん計算早いね。すごいね」と言ったら、照れ臭そうに笑った。

キミエが作れる料理は、とんかつとけんちんうどんと焼きおにぎりだけ。和子は料理が上手で、作った物は何でもおいしかったが、我が家には洋食は出てこなかった。カレーライスくらいはたまに出てきたけど、オムライスやハンバーグは一度も家で食べたことがない。ほとんど和食で、それに対して不満はなく、アジの塩焼きとかきゅうりの酢の物とか、子供にしては渋い物が好物だった。仕事の合間を縫って、そうめんチャンプルーやポーポーも作ってくれた。ポーポーとは、小麦粉と卵と黒糖を混ぜて焼く沖縄のお菓子だ。黒糖がなかったので、砂糖で代用していた。わたしの舌はおふくろの味ではなく、叔母の味なのである。

和子はどうして叔父やキミエと長くいられたのだろう。忍耐強さだけでは続いていないと思う。誰よりもこまめに動いて、わたしを可愛がってくれたけれども、図々しいところもあったし、調子に乗るところもあったし、口うるさいところもあった。だからこそやっていけたのかもしれない。アクの強い人達の中では、気丈でなければやっていけないのだ。かつて、地上戦となった沖縄を生き抜いてきたことも影響しているのか、感心するくらい肝が据わっていた。

小さい頃に聞いた話でおぼろげなのだが、戦争中避難しなければいけなくなり、家族や近所の人達と一斉に逃げ出した。途中で何か長い物があって、植物なのか何なのかとにかく長い物で、はぐれないように全員これに掴まって行けと言われて、夢中で逃げた。攻撃の来ない所まで来て立ち止まった時、それは人間の腸であると気がついた。誰なのか、どこで切れたのか、分からないという。

戦後アメリカ軍の支給品で、白くて四角い塊があって、石鹸だと思って体に塗ったら、ヌルヌルして変な匂いがした。それはチーズという食べ物だった。沖縄から和子宛てに宅配便が届いて、見せてもらったことがある。アメリカの缶詰や沖縄のお菓子が入っていた。某メーカーのスープ缶、スパム缶、手作りのサーターアンダギー、手作りのナントゥー、初めて見る物ばかりだった。ナントゥーとは沖縄のお餅で、お正月に食べるそうだ。

肝っ玉の強さは和子もキミエも大したものである。二人がいたから自営業をやっていけたのだ。駅前旅館には様々な客が来た。

その1

和子が客室の清掃している時、暇なわたしは邪魔にならないように同室に行った。和子は忙しそうだったので、テレビを点けたり、ベッドの枕元にあるスタンドを点けたり消したりして遊んでいた。ゴミ箱が目に入り中を覗いてみたら、鼻水みたいな物と小さいビニール袋が捨ててあって、

「おばちゃん、これなあに?」

と聞いたら、途端に血相を変えて、

「ああっ!! そんなの見るな! 触っちゃダメ! ゴミ箱置いて!」

と叫んだ。それは使用済みの避妊具（大人になってから分かったけど）だった。

見てはいけないものを、当時小学校低学年のわたしは見てしまった。駅前旅館はラブホテルとしての役割もあったわけだ。

その2

　ある晩青年が一人で泊まりに来た。翌日チェックアウトになっても出て来ないので、和子が様子を見に行った。声をかけても応答なしで、入りますよと言って中へ入ると、青年は布団で眠っている。起こそうとした瞬間異変に気づき、急いでキミエに報告した。青年は自殺を図ったのだった。救急車を呼んで後は任せたとはいえ、睡眠薬を大量に飲んでいたと知り、わたし達は緊張が高まった。救急車で運ばれるところを目撃したけれど、青年は顔面蒼白になっていて、恐いと感じた。彼がどうなったのかは知らない。

その3

　冬の日、珍しく若い女性が一人でやって来た。十八、九ぐらいに見える。和子は不審に思いながらも客室に通した。キミエと共に注意を払っていたが、夜中になって女性が和子に声をかけた。

「おばさん、どうしよう……」

客室に行くと、お風呂場に赤ちゃんがいた。ここで出産したのだ。どういう事情があったのだろう。とにかく女性と赤ちゃんを病院へ。それから和子は、汚れたお風呂場を一生懸命掃除していた。たぶん女性の親も、赤ちゃんの父親であるはずの男性も、知らないのだろう。

その4

真夜中に、大声を出しながら中年男が入って来た。酔っ払っている上に頭から血を流している。その時は偶然父がいた。女性では危険だと思ったのか、誰に言われるでもなく父が見に行った。中年男は転んだのではなく殴られたのだと、ケガを見て父は察したのだという。興奮状態で怒鳴り散らす中年男に、父は一喝した。救急車を拒否するので、病院に行くように説得しても一向に聞かないため、結局救急車を呼んだ。普段はお酒ばかり飲んでいる父親でも、こういう時は頼りになるのだな。やはり男手は必要なのだと思った。

その5

ある日刑事さんが二人、キミエと話していた。ちょこんと顔を出したわたしに、刑事さんはニコッと微笑んだ。キミエは「大事な話しているから、ちょっと向こう行っててね」と言い、わたしは自宅に戻りながら、なんで刑事さんが来ているんだろう？　と不思議に思った。そして数日後、キミエと和子の顔がこわばっていて、子供のわたしでも話しかけられない雰囲気だった。キミエが「静かにしていてね」とチラシを見せた。指名手配中の殺人犯の写真が載っている。小さな声で、

「今この人が来ているから。騒いじゃダメよ。いい？　誰にも言わないで。黙ってて。しばらくここに来ないで。お母さんのところに行ってなさい」

と諭した。その後警察が来て、殺人犯は捕まった。命がけの緊迫した一日だった。

3

幼稚園児の時、親子三人でアパートを借りて住んだことがある。風呂なしの小さな部屋だった。母がキミエに直談判したらしい。〝結婚して家庭を持ったら世間では独立して生活している〟と。しかしお金は全部キミエに出してもらっている。敷金礼金、家賃、生活費全て。仕事もしないで独立も何もない。アパートを借りても頻繁にキミエの所に行く父に対して母は、「あんたはババアの所に行きたくてしょうがないんだね」と嫌味を言っていた。

ある夏の夜、父と二人で散歩している時のこと。夏みかんの木があって、父が葉を一枚もいで、嗅いでごらんと渡した。スーッといい匂いがした。そこで父が、

「つーちゃんはお父さんとお母さんがケンカするのイヤか？」

と言い、わたしは何も考えず返事だけ「うん」と答えた。そのあとの言葉。

「お父さんと一緒に沖縄行くか？　沖縄で暮らそうか」

父はどういう想いでこの言葉を言ったのだろう。わたしは夏みかんの葉の匂いに気を取られていて返事をしなかった……と思う、わたしの記憶では。

小学二年に上がる前に実家に戻った。それほどたくさんの荷物はないのだから、引っ越しは一日で終わるはずなのに、母はグズグズしていて、何日もそのままにしておいたため、大家さんに早く出て行ってくれと言われた。当たり前だ。母にはそういうだらしないところがある。実家に戻ってから、母のキミエと父に対する不満は、ますます大きくなっていった。

母はもうすぐ八十歳になるけれど、生涯、妻にも母親にもなれない人である。今現在お嬢様気分が抜けない。年を取っても娘っ子のままだ。他人にも指摘されるくらいだから、わたしの言っていることは甘えではなく、反抗でもなく、事実である。ババアのせいでこうなったんだ、というセリフを、幼少の頃から何百回聞いてきただろう。

虐待しながら金銭面では甘やかす。文句を垂れながら結局出す。母にしてみれば、自分は犠牲になっているのだから金ぐらい出すのが当然だ、という理屈である。キミエに言い返せば「この嘘つきが!」と怒鳴られ、人前でもバカ! とか悪党め! とか、罵倒されてきた。だがしかし、祖母から母、母から子へと、罵りは続いた。母のわたしに対する言葉は、自分が言われてきた言葉と同じである。

こんな〝まとも〟ではない生活も、ある日変化が起きた。何が〝まとも〟で〝普通〟なのか、答えはひとつではないし、どこの家庭にも悩みはあるだろうけれど、うちが〝普通じゃない〟のは確かなのだ。が、年を取り状況も変われば、今までとは違ってくる。

高二の時訃報が届いた。祖父が亡くなった。わたしと母は自宅にいて、父が伝えに来た。母は一瞬声に詰まって、「そう」と一言言って黙ったきり、目には涙が滲んでいた。母にも父親との思い出がある。愛人を作り家を出て行った父親だけれど、小さい頃可愛がってくれたという。正式に離婚したあとも、ごくたまにうちに来ていた。何年も顔を見せないな、と思っていたら突然の訃報だった。

不思議なことに、祖父が亡くなってから、キミエは一変した。あんなに気性の激しい人が、驚くほど静かになり、無口になった。飾っておいた犬のぬいぐるみを、常に抱くようになり、タンスの上には、お爺さんとお婆さんと孫娘が笑顔で座っている人形が置いてあり、いつも眺めていた。わたしはその人形を見て、お祖母ちゃんはこういう光景を夢見ていたのかな、と寂しくなった。叶うことはないと分かっていながら、この人形を買わずにはいられなかったのではないだろうか。笑顔溢れる穏やかで幸せな家庭。求めても手に入らなかったもの。その原因は自分にあったこと。強くなるしかなかったのだ。他には何も身に付けられずとも、強くなるしか方法がなかった。夫や子供を不幸にするとは、本人も思っていなかったのだろう。

虐《しいた》げられた人間は、もう絶対に虐げられまいと必死になる。何か言われたら、言わなくてもいいことまで言い返す。言われる前に、自分が傷つく前に。お金に困らないようにもした。死に物狂いで生きてきたはずだった。必死にやってきたのに、嫌われる。祖父は亡くなる前に、キミエのことを思い出しただろうか。離れている間、キミエや子供達のことを気にかけたことはあったのだろうか。

それから約一年後、キミエは死去した。夏の暑さが残る秋の晩、突然心臓発作を起こした。息も絶え絶えの中、叫んだ言葉は、母に向けてだった。

「おまえ、いい子になれよ！　いい子になれよ！」

そして息を引き取る寸前。

「お母さん！　お母さん！」

最期の言葉だった。幼い時に死に別れたお母さんが迎えに来たのかもしれない。救急車で病院に運ばれ、死亡を確認した。看護師さんがキミエのお腹を揉んで、便を出そうとしてくれている。キミエは太っていたから、かなりの力が必要だったみたいで、看護師さんの顔が赤くなって汗をかいていた。わたしはそれを見ながら、自分が死ぬ時には、色々なことを後悔しながら死ぬのだろうなと思った。高三の秋冷、初めて人の死に直面した。六十四歳。現代なら早すぎる死だ。キミエが亡くなる数時間前、二人で夕飯を食べていた。いつもと同じように食べていたのだけれど、急に予感がした。〝お祖母ちゃんと一緒に食べるのはこれが最後かもしれない〟。なぜそう感じたのか。何の脈絡もないのに、本当に急だった。でもまさか、数時間後に現実になるとは思っていなかった。そうか……お祖母ちゃんと最後に食事をしたのはわたしなんだ。これといった話もしなくて、やけに静かだったのを覚えている。

四十九日も終わり、少し落ち着いてきた頃、叔父と和子は沖縄へ帰ることになった。わたしは知らなかったのだが、沖縄にすでに家を建ててあったのだ。沖縄の親戚が二人のために用意してくれたという。その費用はキミエが貯蓄していた。和子の給料とは別に、パチンコに注ぎ込む叔父には内緒で、積み立てておいたのである。

帰る前、和子とわたしは、二人で銀座へ出かけた。約二十年うちで働いて、その間、渋谷とか新宿とか池袋とか、一度も行ったことがない。どこに行きたいか聞いたら、銀座に行ってみたいと言うので、思い出作りじゃないけれど、最後に楽しんでもらいたかった。喫茶店で（当時はカフェではなく喫茶店と言うのが主流だった）、和子はコーヒー、わたしは紅茶を飲んだ。

「つーちゃん。一緒に沖縄行かないかな。沖縄で暮らさないかなあ」

和子が笑顔で言った。昔、父も同じこと言ってたなと思いながら、答えた。

「もうすぐ卒業だから。進学も決まってるし。遊びに行くよ。会いに行くからね。元気でいてね」

「沖縄の人は長生きさー」

方言でニコニコしながら言った。和子にはキミエとは違った強さがある。どこに行っても生きていける人なのだろう。

駅前旅館は閉店した。キミエと父が前から話していたそうだが、旅館をやめて、駐車場にして家賃収入を得るほうがいい、と決めていた。キミエが生きている間にやってあげられなかったのは残念だ、と父は言った。そうして旅館は取り壊し、駐車場が完成した。

わたしは両親と三人で暮らすことに、なんとなく不安を感じながら、なぜか全く関係ないことを思い出していた。

小学校の頃学校の帰り、手の甲にてんとう虫が止まった。家に持って帰ろうと思い、手の平に移して、指を折り曲げて、フタをするように覆った。少し歩いてから、指を広げて様子を見た。微動だにしない。死んだのかなと覗き込んだ瞬間、パッと羽根を広げて飛んで行った。てんとう虫は生き延びるために死んだふりをする。頭のいい奴だ。死んだふりは、何かに使えるかもしれないと思った。

こんなたわいもないことを思い出していた。

第二章

4

わたしの内面は常に混乱していた。何をどうすればいいのか、誰の言うことを信じればいいのか、分からなかった。家庭は安息の場ではなく、学校は、仲良しの子といる時はいいけれど、学校という大きな集団の中にいるのが苦しかった。母からよく、おまえは普通じゃない、よその子はもっとまともだと言われていたので、病気なんじゃないかと思ったけれど、父からは、どこもおかしくない、病気じゃないと言われた。普通じゃないと言われたり、おかしくないと言われたり、どっちなのかはっきりしてほしい！　ますます混乱して黙り込んでしまう、そういう性質だった。

母は、わたしが中二の時パートを始めて、そこが合っていたらしく、楽しそうに行っていた。心境の変化なのか、夕飯の支度を手伝うようになった。和子は随分助かっていたようだ。わたしは中二で何かに目覚めて、中三から少し変わったように思う。きっかけは、中二の夏休みに初めて友達同士で旅行に行ったことと、中三は受験に備えて勉強に重点を置かなければいけなくなったが、同時に、自分の好きなものを見つけたこと。

昔、土曜の深夜にテレビで映画を放映していた。夜更かししていたわたしは、眠くなるまで観ていようと、なんとなく点けていただけだった。ところがだんだん面白くなってきて、どんどん引き込まれていった。あまりに面白くて最後まで観てしまったのだ。ストーリーもいいのだけれど、映像の魅力にもはまったのである。最もガツンとやられたのは、主人公が何が何でも生きようとする逞しさ。生きることに執念を燃やす凄まじさ。映像の見事さも加わって、何もかもが凄かった。

よく思い出してみれば、子供の頃観ていたドラマやアニメから、色々なことを学んでいたのではないか。スナフキンは人間社会が嫌になって旅人になった。ウルトラマンは単に正義のヒーローが悪者を倒すだけでなく、正義の仮面を被った悪がいることを教えてくれた。仮面ライダーは、大人が本気で真剣にやらなければ、子供はすぐに見抜くことを。ドラマはニュースでは伝えない細部や内面を描くものだと。人はもがき苦しみながら生きていく。だからちょっとしたことで笑ったり楽しんだりするんだ……。

映画が好きだ。物語が好きだ。将来はドラマを作る人になりたいな。どの高校を受験するのか決めかねている中、ぼんやりとそんなことを考えていた。

初めて沖縄に行ったのは三歳の時、両親と三人で行った。返還前である。パスポートが必要でドルが使われていたという。何しろ三歳だったからほとんど覚えていないのだが、初体験の海はなんとなく覚えている。体が波に揺られる感じ、初めて手に取った貝殻、砂の上を歩く足。アメリカ人の子供と遊んだ記憶がある。言葉が通じないのにどうやって遊んでいたのだろう?

いとこ達とも初対面だった。母は東京での生活を義父母や小姑に全部ぶちまけて、ストレス発散したらしい。内容がひどかったので、祖母圭子は心配して、わたし達が東京に帰って少ししてから、うちに来た。圭子とキミエと二人だけで話したそうだが、自分の息子がキミエと噂になるとか、働かないとか、母親として我慢出来なかったのだろう。わざわざ話をするために、沖縄から東京へ来るくらいだから、行動力のある人であり、それだけ大事な話だったということだ。

次に訪問したのは小二で、それから中一の夏休みまで、父と二人で行っていたけれど、母が一緒に行くことはなかった。夫婦仲が悪いのだから仕方ない。

沖縄には東京とは全く違う景色があった。家の屋上から海が見える。木々の匂いがする。空から光溢れる。夜は満天の星空。小道にホタルが飛ぶ。上は星の光、下はホタルの光。

「あれが天の川よ。英語でミルキーウェイって言うのよ」

英語教師をしている叔母が教えてくれた。まだ東京にはなかったサーティワンアイスクリームがすでにあった。ゴーヤはとても苦くて口から出した。当時はモノレールがなく、車しか移動手段がないのも、方言の会話がさっぱり分からないのも、どこに行ってもアメリカ人がいるのも、全てが新鮮だった。何より、親戚の家では規則正しい生活をしている。いとこ達は明るくて穏やかで、賢い。成育環境の違いは、こんなにも人格に影響するものなのか。

父方の祖父は沖縄地理学・民俗学の学者で、研究に没頭していた。子育てや生活面では一切協力しなかった。というより出来なかったのだ。全てのエネルギーを研究に注いでいたのだから。探求心、情熱、真摯に誠実に打ち込む。論文を発表したあとに間違いに気づいた時は潔く認め、調査し直し、訂正する。父は祖父について「学者としては凄いけど父親としては最低だ」と言っていた。しかし祖父が稼いだお金で、子供達は大学に行けたのである。仕事部屋で祖父が原稿を書いているのを、そっと覗いたことがある。集中している姿を見て子供ながらに、今は話しかけてはいけないなと思った。いつもはニコニコして優しいお祖父ちゃんだけれど、仕事の時は近寄りがたい崇高さがあった。印象深い祖父の言葉がある。

「学者は偉くも何ともない。開拓した人々が偉いんだ。道を切り拓いた人達がいる。そのおかげで研究が出来るんだよ」

そんな祖父と人生を共にした圭子は大変な苦労をした。地理の教師をしていた祖父の収入だけではやっていけず、内職や行商をして家計を支えた。その上、子育てはほとんど一人でやっていたから重労働だったと思う。教師の仕事の関係で各地へ行き、朝鮮（当時の国名）に渡った。父は朝鮮にいた頃のことをかすかに覚えているという。

かつて、日本人は朝鮮の人々にひどいことをしていた。そのため、怒りを爆発させた一部の人達が、日本人を襲う事件があった。近所の朝鮮の方が来て、この辺も狙われているから早く逃げたほうがいい、と知らせてくれた。違う国の人にも、勉学に対する熱意や、人間に対する誠実さは伝わっていたのだ。

祖父母は差別や偏見が嫌いだった。当時の日本人が差別的発言をしたら、朝鮮人の何が悪いんだ、と言い返していたそうだ。言論の自由がなく拷問されかねない時代に、勇気がある。誇りに思う。

沖縄の交通は車しかない。モノレールが出来たとはいえ、やはり車がないと生活出来ない。祖父は沖縄県内をどこでも、人が入って行かないような所も、自分の足で目で耳で、調べに行っていた。運転免許を持っていないので、チームメンバーや娘達に車を出してもらっていたのだけれど、休日とか用事とか、相手にも都合があるから、不便もあったらしい。なぜか自分は免許を取らず、行きたい時にすぐに行けないのが難点だった。そこで圭子は、自分が免許を取ろうと思い立ち、教習所に通った。その時圭子六十歳。この年齢で取得した人は初めてで、しかも女性であると、地元の新聞に載った。

「お父さんは自分で取ればいいのに」

娘達が文句を垂れると、圭子は言った。

「学問以外は何も分からないんだから。常識も世間のことも分からないあの人に、運転なんかさせたら大変さ。受かりっこないよ」

その通り。祖父は一人では絶対に生活出来ない。サポートなしでは何も出来ない人だけれども、専門分野の世界でだけ尊敬されている。観察力、集中力、洞察力、どれだけのエネルギーを傾けていたのだろう。祖父のために六十で免許取得した圭子も素晴らしい。圭子の支えがなければ、ここまでの成果を出すことは出来なかったはず。天才と、天才を支える天才。これが二人の関係といえる。

祖父の著書を、ほんの少しだけ読んだことがある。学者の書くものは硬くて、専門的な言葉ばかりで、読んでも分からないだろうと高を括っていた。ところが！　気がつくとページをめくっていた。地理学も民俗学も分からないけれど、文章のうまさに惹き込まれていった。文学のように美しい。小説のように読みやすい。圭子お祖母ちゃんに言った。

「お祖父ちゃん文章うまいね。小説みたい。流れるようなきれいな文章だね」

「家族の中でもそう言ったのはつーちゃんだけさ。誰も読まないからね。孫に褒められたら喜ぶさ」

圭子お祖母ちゃんも嬉しそうだった。

5

近くはエメラルドグリーン、遠くなるほど青い。実際に見るまでは、海は青いものだとばかり思っていた。砂浜を歩いていると潮で髪がベタつく。ウミガメの死骸。星砂。沖縄に来なければ見れなかった。こういう場所で生まれ育っていたら、わたしはこんな人間にならなかったのかな、と思ったりした。伸び伸びと、ハキハキと、人懐っこい、いわゆる大人に好かれる子供になれただろうか。あいにく真逆だ。縮こまって自己主張しない、一人が好き。みんなが外で遊んでいる時、室内で積み木をしている。大人に嫌われる子供の代表みたいなものだ。

圭子お祖母ちゃんは全てを口には出さなくても、肝心なことは分かっている人だった。父は実家に帰るといつも東京での話をしていて、キミエが自分の娘をバカ呼ばわりしていることも笑いながら話していたら、怒られた。

「あんたね、平気な顔して言ってるけど、そういう人を妻にしたのかって、自分が笑われるんだよ。自分の奥さんをバカだと言うのはやめなさい。つーちゃんに悪い影響与えているの分からないのか」

圭子お祖母ちゃんに言われると父は黙る。働かないことについても、このままでいいのかと気にしていた。父は長男だから、本来なら実家、あるいは実家の近くにいるのが普通なのだ。特に沖縄は、長男をとても大事にする慣習なので、父のように両親をきょうだい達に任せて、自分は遠く離れた東京にいるというのは珍しいのである。現代は変わってきているかもしれないが、父の世代は特に慣習が強い。離れていてもやはり頼りにされている。何かあった時は父に相談し、決定する時も父の承諾を得ていた。だが、一番強くて偉いのは——尊敬され愛されているという意味——圭子であるから、父は圭子の意向を尊重して答えを出していた。

圭子の運転でよく車に乗せてもらった。祖父の仕事のためが多かったので、観光地ではない道が入り組んでいる所や、こんな所に人が住んでいるのか、と驚くような場所について行った。どこに行こうと圭子は常に落ち着いていて、度胸がある。一度も事故や違反を起こしたことがない。気丈ではっきりモノを言うが、気遣いの出来る人で、頭の回転が速く、一人一人をよく見ていた。この人の厳しさは優しさなのだと知ったのだった。

父が庭の草むしりをやっている間、わたしはコーヒーを淹れて、圭子お祖母ちゃんと先に飲んでいた。東京の家が絶えずゴタゴタしていることは親戚中知っているから、大人はともかく、まだ子供だったわたしを心配してくれているみたいだった。

「つーちゃん苦労するね。ああいうお父さんでゴメンね。育て方が悪かったのかねえ」

と、こちらにお尻を向けている父を見ながら言った。

沖縄の家庭では罵《ののし》り合うことはなかった。夫婦喧嘩や親子喧嘩はあるにせよ、けなしたり、汚い言葉遣いはしない。いくら祖父が父親としてダメであったとしても、子供の人格を壊してしまうようなことはしないのだ。圭子お祖母ちゃんは娘達が祖父の悪口を言うと、

「あんた達はお父さんの働いたお金で大学に行けたんだろう。偉そうに」

と、たしなめた。東京では、困った時にはお互いに頼るくせに、罵詈雑言《ばりぞうごん》は当たり前になっていて、けなすのが日常になっていた。以前圭子お祖母ちゃんは、わたしの母に言ったことがある。

「あなたのお母さんは、人にあなたのことをバカだと言っていたけど、あれは良くないねえ。良くないよ」

それを聞いた母は上機嫌になり、キミエの話を延々と喋り、母がキミエの話をする時は父の不満とセットになっているから、圭子お祖母ちゃんにとっては、息子の悪口を聞かされるはめになる。最後に言った。

「あなたには申し訳ないが、夫婦でどうにかしなさい。あたしもね、じいさんのこと悪く言う時もあるけど、他の人に言われるのは面白くないんだよ」

何も教えられない両親やキミエと違い、躾に厳しかった。それが当たり前だと思うが、東京にいるだけでは何も身に付けられないものを、教えてくれた。子供らしい明るさもなく、頭も悪いわたしを決して見捨てなかった。自分の孫だからということもあるけれど、これが他人の子だったとしても、同じようにしていたに違いない。真の意味で、人間に対する愛がある人なのだ。『類は友を呼ぶ』。これって本当だと思う。圭子お祖母ちゃんの周りには悪質な人間はいなかった。よその家庭に入り込んでくる人、借りたお金を返さない人、からかう人、キミエの周りにいるようなレベルの低い人間とは付き合いがなかった。

沖縄に何回か行っているうちに気がついたことがある。もしわたしが自然豊かなここで生まれ育ったとしても、わたしという人間は今とそんなに変わらなかっただろう。『何かの間違いで人間に生まれてしまった』という観念は、場所を変えても同じではないか？　最近〝親ガチャ〟なんて言葉があるけれど、当たりとハズレがあるのだとしたら、当たりの親を持っていればこんな観念は芽生えなかったかもしれないが、尊敬出来る親を持ったからといって、必ずしもわたしがいい人間になるとは限らない。

ウダウダとどうしようもないことばかり考えている自分を、遠く光る海と高く青い空が、静かに微笑んで見ている。

「一生懸命やっているじゃないか。でもうまくいかないいんだ！」

波を数えるふりをして心の中で叫んだ。人間嫌いで人が苦手だと誤解される↓それは人間嫌いでも人が苦手なのでもなく、長い時間人と一緒にいると疲れてしまうだけだ。みんなで話している時に一人だけ黙っている↓口下手で話し方が分からないからだ。周囲が楽しくしているのにわたしだけ楽しそうにしない↓何が楽しいのか理解出来ない時がある。つまらないわけでも、ひねくれているわけでもなく、本当に分からないのだ。いちばんの問題は、これらのことを自分で説明出来ないことだ。語彙力がないため、どう言葉にしていいのか途方に暮れる。仲のいい子達とは、無理して笑ったり話したりしなくても一緒にいられる。けれど、長い時間いると一人になりたくなる。やはり頭がおかしいのかと悩んだりしたが、病院には行かず、悩みながら大人になった。今でも悩む時はある。

中学生になってから数年間、沖縄に行かなかった。久しぶりに訪問したのは、二十代後半だったと記憶している。働くようになり、少しお金が貯まったので、一人で旅行してみようと思い、決めた。

いとこの中にはすでに結婚して子供を産んでいる人もいた。子供に絵本を読み聞かせする姿を見て、いいなあと思った。「つーちゃんはどんな絵本読んでもらった？」と聞かれた時、思い出せなかった。読んでもらったことあったっけ？あれは何歳だったか？ 布団の中で父に何かの絵本を開いてもらった。始めだけ読んで急にやめて、本を閉じ、違う話を始めた。

「それ何の話？」

「冒険のお話」

「面白くない」

父は自分で作った話を聞かせていた。つまらない話を。絵本を読んでほしいのに、父の作り話なんか誰も聞きたくない。そんなもの面白くもなんともないのだ。

望みとは違うことをやる。朝早く起きなければいけない日があり、目覚まし時計をかけておくけど心配だから、どうせその時間起きているのなら起こしてほしいと頼んだら、了解しておきながら起こさない。なぜ起こしてくれなかったのか聞くと、可哀想だからと答える。用事があるから起こしてくれと頼んでいるのに、しかもわざわざ起きてまでやってくれとは言っていない。いつもその時間起きているからついでに頼んだだけなのに「分かった」と返事をしておいて起こさない。父にはそういうところがあるのだ。

母に絵本を読んでもらった時は、読み方が下手で先に進まないので、うんざりしてこっちからやめてもらった。よって、わたしには絵本を読んでもらった記憶がない。誰かに聞かれて「読んでもらったことない」と答えるのが恥ずかしかった。

6

沖縄の叔母達は、わたしを可愛がってはくれたけれど、理解はしてくれなかった。同居していないから、理解してもらえないのは当然である。普段から母に「産まされたんだ」「産まなきゃよかった」って言われているんだ、と話しても、「本気にしちゃダメよ」「冗談で言っているんだから気にしないのよ」と笑うだけで、この言葉がどれだけ子供を傷つけているかまでは気が回らなかったようだ。そうは言っても、母のことをよく思っていたわけではない。親戚の冠婚葬祭には一切出席せず、お金だけ送る。家族の悪口と、「自分はバカだから何も出来ない」と、そんなことばかり言って、楽しい話題がないから。

父に対しては、やはり兄妹だからなのか、庇《かば》っているような感じだった。働かないのも、ああいう家庭だから働けないとか、飲み過ぎも、ストレスが溜まっているからだとか。それならわたしだって、学校に行かないとか、ストレスが溜まっているから、好き勝手なことしていいのですか？　内心そう思っていたが、叔母達のことは好きでも嫌いでもなく、こういう人なんだなと、納得している。

両親の無念さや不満など理解出来なくはない。尊重されなかったこと、長年の鬱積《うっせき》があること。しかしおおかた自分に問題があるのではないか。二人とも面倒くさがり屋で、この環境を利用するなり工夫するなりうまくやればいいのに、覚悟もなければ努力もしない。そのせいで自分の子供が恥をかいていることも分かっていない。ボケーっとして生きているから、親としてやるべきこともやらないのだ。

わたしには一生残る身体的ダメージがある。生まれた時、両足首が変な形で曲がっていた。病院へ行けばいいものを、キミエの知り合いが、足首を捻って治したらしい。けれど後遺症が残ったのだった。歩き方に特徴がありすぐ転ぶ、走るのも遅い、運動は全て苦手。同級生に、歩き方が変だと言われ笑われたことがある。大人になって足をケガして病院へ行った時は、普通より足首が弱くてブラブラしていると指摘された。乳児の頃、キミエがわたしを抱いていて、手を滑らせて、敷居に頭を強く打った。普通ならすぐに病院へ連れて行くだろう。わたしの後頭部にはたん瘤が出来ていたが、誰も気づかなかった。頭を打ったあとどうなっているか、誰も気に留めない。乳児なのに。たん瘤はわたしが小学生の時に、自分で気がついたのである。母は笑いながら、

「おまえがバカになったのはそのせいだ」

と言っていた。病院へ行けば治るとか治らないとか、そういう問題ではない。何もしない無頓着さが頭にくるのだ。

不幸自慢ならいくらでもしてやる！　張り切っちゃうもんね！　屈折して歪んだ人間になった。『いい人』には到底なれないわたしが、積極的にやれるのは肉親の悪口だけだ。いや悪口じゃない、事実なのだから。報復だな。母はいくらでもしつこく執念深く、周りがうんざりしても、父とキミエの恨みを言い続けてい

るし、父は死ぬまでだらしない生活と、屁理屈をほざいていた。なのに、わたしだけ言っちゃいけないなんて不公平でしょ？　と開き直ってみるも……祖父母が生きていたら、こんなわたし達をどう見ていただろう。


祖父の研究は人間の営み、平和に通ずるものだ。祖父の少年時代の話。学業優秀だった少年は、近所のお婆さんに言われた。

「しめえ知っち、もの知らん人間になるなよ」

訳すと、

「学問だけ知って、もの知らない人間になるなよ」

お婆さんは学はないけれど、人に優しく生きる力があったという。少年は九十歳になってもこの言葉を覚えていた。ある雑誌のインタビューで、九十を過ぎた祖父がこの話をしていて、凄いなあと思った。生きている間にもっともっと色々な話を聞いておけばよかった。なんてもったいないことをしたのだ！

圭子お祖母ちゃんは自分の子供達を、みんな少しずつどこかアホだと、冗談めかして言っていた。でもこれは事実のようである。失礼は承知ですが、本人達も認めているので、まあいいとしよう。

父のきょうだいは父も含めて全員、勉強が出来て音楽や美術も成績優秀だった。しかしクセが強かったり、融通が利かなかったり、わがままだったり、バリエーションに富んでいる。その性格が原因なのかは不明だが、メンタル系や神経系の病気になった人もいる。支えてくれる家族がいるのは恵まれているほうだ。どこの家庭にも悩みはある。圭子は苦労が絶えなかった。戦争、貧乏、各地を転々とする生活。沖縄に落ち着いたら今度は、子供の病気を心配し、自分も病気を患った。

そんな人生経験から、共生の大事さや必要さを理解している。共生なんて言葉を使うと御大層に聞こえるかもしれないが、シンプルに、一人で生きようったって不可能でしょ、という意味だ。人間社会の中にいて、物理的に、システム的に、一人では生きられない。孤独を感じる時、個的に感じる〝一人〟なら誰にでも経験あるだろう。家族や友人がいなくても一人で生きる力は必要だ。本当に一人ぼっちの人もいるかもしれない。でもそれは個としての一人であり、社会制度を受けたり、ビジネスをやったり、病院へ行ったりしていながら、『一人で生きている』なんて傲慢だと思う。

日々の暮らしの中でそれを教えてくれたのが、沖縄の親戚だった。自分から人に話しかけるのも、明るく楽しい雰囲気を作るのも、周囲への気遣いなのだと学んだ。大人にとっては当たり前のことでも、子供にとっては発見なのである。ああ、そうだったんだ……わたしは周りに気を遣わせていたんだ。自分から喋らず一人でいる、自分がそうしたいからそうしていたのだけれど、人はわたしが寂しそうにしていると思って、話しかけたり鬼ごっこに誘ったりしていたのだ。ありがたいことなのに当時は気がつかなかった。東京の家庭しか知らずにいたら、そんなことにも気づかなかっただろう。

祖父は九十九歳で亡くなった。圭子がいなければ日常生活は何も出来ない夫。娘達にガミガミ言われる父親。孫には優しいお祖父ちゃん。でも心の中では、家族も尊敬の念があったのではないだろうか。見ていてそう思う。外には仕事仲間がいて、家には様々な分野の人が訪れ、大切にされていたのだと思った。

「間違いがあった。調べ直さねばならん」

学者としての地位を確立しても、間違いを指摘され批判された時はきちんと認める。あるパーティーでのスピーチでは、自分が研究出来たのは、六十歳で運転免許を取った妻のおかげ、と感謝を伝えた。そういうところも尊敬に値する。と、ちょっとだけ祖父の自慢をしたかったのであります。

葬儀には、チャンプルーズやネーネーズ、有名な出版社から花が届いていた。かなり大勢の方々に来て頂いて、少し驚いた。研究したいことがまだまだたくさんあったと思うが、好きなことをして老衰で亡くなる、苦労はしても幸せな人生であっただろう。

圭子は見事な亡くなり方をした。九十代になっても認知症にならず、会話がしっかりしていた。体はだいぶ弱くなり車椅子になっていたけれど、娘の運転でドライブに行ったり、飛行機で東京まで来たこともあった。『死ぬのも難儀生きるのも難儀』と呟きながら、生きている間は出来ることをやる。なんという生命力。最後の入院の前に、

「もう覚悟は出来ているんだよ」

と娘達に伝えていたという。晩年は動けなくなり、病院のベッドで過ごしていたけれど、娘達も献身的に看病をし、最後まで皆に愛され大事にされていた。

危篤の知らせを受けて沖縄へ向かった。着いてから数日後に圭子は亡くなった。人としてどうあるべきか。言葉ではなく生き方で見せてくれた。沖縄の祖父母はわたしの誇りである。

そして去年、九十八歳で和子が亡くなった。最後に会うことは出来なかったけ

れど、老人ホームに入居して、元気でボケていなかった、と聞いている。老衰で穏やかに逝かれたという。コロナのため葬儀には欠席したが、しんみりした感じではなく、和やかで明るい雰囲気で行われた。和子らしいなと思った。圭子と和子には幸せな死に方を、キミエには壮絶な死に方を見させて頂いた。

第三章

7

人は最期に何を思うのだろうか。多くの人は、いちいち自分の人生など語らない。小説に出来るんじゃないかと思うくらい数奇な生き方も、誰に知られるでもなく、知られたいとも思わず、様々な想いを胸に秘めて、一人最期を遂げる。

キミエには墓場まで持って行った嘘があった。自分が死ぬ前に告げる気だったのか、一生隠し通すつもりだったのか、それは分からない。世田谷に住む親戚の叔母から告げられた時、なぜもっと早く言ってくれなかったのか、キミエに少しばかり怒りを覚えた。それまでは、自分のルーツなど考えたこともなく、ルーツなんてどうでもいいとさえ思うくらいこだわりがなかった。なのに急に、わたしのルーツは一生分からないのだな、と元々欠陥人間であったのが、更に欠落したような気持ちになった。

世田谷のシズ江叔母さんは、キミエの元夫の妹である。キミエが離婚してからも交流は続いていて、母とも仲が良く、わたしを可愛がってくれた。普段からよくうちに来ていて、わたしと母がシズ江叔母さんの家に行くこともよくあった。初めてマクドナルドへ行ったのも、初めてクレープを食べたのも、初めての回転寿司も、シズ江叔母さんが連れて行ってくれたのだ。賢い人で、家庭は経済的に苦しかったけれど、うまくやり繰りして、二人の息子を育てた。長男は結婚して独立しているが、次男は持病があり、仕事が出来る状態ではなく、シズ江叔母さんと二人で暮らしていた。

父は脳梗塞で倒れてから認知症にもなり、介護が必要となった。それでも自分で歩くことが出来、トイレも自力で出来たので助かっていた。飲んだくれていたお酒も全く飲めなくなった。が、タバコだけはやめられず、喘息のわたしの前でスパスパ吸い、わたしを怒らせた。デイサービスを利用していたので、一日のうち数時間でも空いている時間があったのは、まだいいほうだった。

その頃から、シズ江は頻繁にうちに来るようになった。来る前には電話があったのだけれど、だんだん、電話なしに突然来るようになった。ある日、来客中にかち合ったことがあり、申し訳ないがお引き取り頂き、来る時には連絡してほしいと伝えた。しかし連絡なしで、次男と一緒に来るようになり、その上次男は、シズ江をうちに置いたまま「あとで迎えに来るから」と出かけてしまう。シズ江から聞いた話によると、どうやら次男がうちへ行けとたきつけているらしかった。

シズ江は年老いて目が悪くなり、細かい物が見えなくて、自分で電話をかけられない。次男に頼んでも、いいから大丈夫だから、と車に乗せられて連れて来る。要するに、お年寄りを一人家に残して出かけるのは心配だから、うちでみてもらえばいいや、という考えだ。

それならそれで話し合いが必要だろう。こちらの都合を無視して勝手なことされても困る。うちには病気の父親がいるのだ。シズ江はそのことも言っているが、次男は聞かないという。またそれとは別に、自分が死ぬまでに話しておかなければいけないことがある、と神妙な顔になった。

母はキミエの本当の子ではない。祖父がどこかからもらって来た。どちらとも血のつながりはない。産みの両親は、ずいぶん若い時に子供が出来て、里親を探していた。更に言えば、自分達とは一切関係を断つように、とのことだった。シズ江も詳細までは知らない。ただキミエに、絶対に本人にも誰にも言うなと口止めされていた。しかし自分の死が近づくに連れて、このまま黙って死んでゆくのがとてもしんどくなってきた。残りの短い人生、こんな重いものを背負って生きているのは、年寄りには負担が大きすぎる。加えて、本当にずっと隠したままでいいのだろうか。そんな想いを抱えてきたのであった。

シズ江にはむしろ感謝している。よく話してくれた。けれど、キミエは母に話しておくべきだったと思う。弟と同じもらわれてきたのだと。わたしも本当の孫ではないということだ。どうせなら他の家にもらわれたかった。よりによってこんな家に……。

『隣の芝生は青く見える』ってやつか。他の家にもらわれていたとしても、どうなっていたかなんて分からない。でもうちよりはマシだと思ってしまう。〝思うだけなら自由〟だから、それくらいは許してほしい。異常ともいえる家庭で生きてきたのだから。もっと苦労した人もいるよとか、まだいいほうだとか、次元の違う批判をしないでほしい。事実を知った反応として、愚痴もこぼせない、感情的になるのも許されないとなったら、それこそ自分が壊れてしまうだろう。

母は泣いていたけれど、悲しいからではなく、悔し涙だった。「なんとなくそうだと思っていた。ババアによく、おまえはどこの馬の骨だか分からないって言われてた。おかしいなと思うことがたくさんあった。でもね叔母さん。あたしはこのことは誰にも言わない。一生黙っているよ」とシズ江に力強く宣言したはいいものの、一週間経たないうちに人に喋っていたのだった。

シズ江の悩みは次男である。食事も財布も全部次男が握っている。ご飯が少なすぎて、もう少し食べたいと言っても、あんまり食べ過ぎるとああだこうだと言い返し、出してくれない。夜寝る時間も、早すぎてまだ眠れないと言っても、年寄りなんだから早く寝たほうがいいとか言われて、布団の中でラジオを聴いている。次男とは距離を置いている長男が話してくれたのだが、山梨県の実家（シズ江と祖父の実家）にもしょっちゅう行って、向こうの人達に嫌がられて口論となり、関係をメチャクチャにしてきた。あいつは手に負えないから気をつけて、と警告された。

真夏だった。世田谷の家の近くに、おいしい中華レストランが出来たから行ってみないか、と誘われた。母は足を悪くしていたので、わたしが行くことにした。シズ江と二人。子供の時以来だ。その日は次男がいなくて正直助かった。中華レストランはバイキング形式になっていて、おいしかった。

「お母さんも来れたらよかったね」

とシズ江が言い、その表情は寂しそうだった。以前、うちにも娘がほしかった、と言っていたのを思い出し、わたしや母を可愛がってくれたのは、娘のように思っていたからなのかもしれない。

「この年になってこんな苦労して、悲しくなる」

少し涙ぐんでいた。長男の所へ行くことは出来ないのかと聞いたら、

「良くしてくれるけど、お嫁さんに気を遣うから。慣れている家のほうがいい」

と言った。お店を出ると日差しが強くて、すぐに汗ばんだ。シズ江の家に向かいながら、あまりの暑さに二人とも無口になった。鼻をすする音がして、シズ江が泣いているのが分かった。

「叔母さん大丈夫？　家まで歩ける？」

「うん」

小さく頷いた。わたしは叔母さんの腰に手を回す。幼い頃、叔母さんに連れられて歩いていた時は見上げていたのに、今はとてもとても小さくなっている。人は生きている間は安らげないのだろうか。どんなに年老いても、何かに悩まされ続けなければいけないのか。死ぬ間際まで。胸元に汗が流れるのを感じ、こうして二人で歩いたことを一生忘れない、と思った。

警告は効果がなかった。あれほど来る前に電話してほしいと言っているのに、突然来る。挙句の果てに、シズ江をしばらく預かってくれないか、と言い出す。

母は怒って、

「いいかげんにしてよ。うちのが具合悪いって分かっているのに。それどころじゃないわよ。叔母さんを粗末にするな。八十過ぎている人に何やっているの！」

と言ったら次男は逆ギレした。

「なんだよ！　そういうこと言うならもう来ねえよ。二度と来ないからな！」

わたしはムカついた。こちらが招待したわけでもなく、勝手に来ておいて何を言っているのだ。

「もう来なくていいから。帰ってよ！　二度と来ないでよ！」

次男が帰った後、しばらく怒りが収まらなかった。ぶっちゃけ、シズ江が訪ねて来る分にはいいけれど、次男には来られたくないのだ。もう来ないと言いながら、しばらくしたらまた来た。もちろん連絡なしで。運がいいのか悪いのか、その日は用事があり、留守にしていた。帰って来てから、隣家の人に聞いた話である。

その日の午後、インターホンが鳴り出てみたら、老女が立っていた。

「すみません。お隣の中村さん、お留守のようですが、何時頃帰って来るとか聞いていませんか」

と聞かれたので、隣家の人はうちに電話をかけた。何回かかけたけど出なかったから、老女に「いないですね。何時頃帰るとか知らないので」と伝えた。母はお詫びしたが、恥ずかしかった、と困った様子だった。

こんなことされては迷惑なので、わたしはシズ江の家に電話して、次男と話した。二人でうちに来たけど誰もいなかった、ここまではいいが、次男としては数時間シズ江をみていてもらうつもりが、予定が狂った。で、もう少ししたら帰って来るだろうから、とシズ江をうちの前に置いていったのである。何時間放置していたのか知らないが、理解出来ない。わたしは怒った。

「非常識にもほどがある。何かあったらどうするつもりなの⁉ うちは責任とらないからね。来る時には電話してって言っているのになんでしないの？ そっちが悪いでしょ」

普段強気の次男は黙り込んだ。

「父がだいぶ悪くなっていて大変だから、今はうちに来られたら困る。時々電話で話すくらいにしてほしい」

逆ギレするかなと構えたが、意外とすんなりと同意した。シズ江自身、うちも長男の所も結局気を遣う。次男には悩まされるが、住み慣れた家にいるほうが暮らしやすい。「あいつは昔から変わっていて、社会性がなくて人とうまくやっていけない。頭が良くて勉強も料理も得意だけど、どこかやられている。破壊者であることは間違いないから、もう関わらないほうがいい」。長男の言う通り。シズ江とは電話で会話することにして、次男とは会わない。この選択がベストである。

8

両親との三人暮らしはどれくらいになるのだろう。わたしは二十代を一人暮らしで過ごした。両親と距離を置けたのはわたしにとってプラスだった。冷静に物事を見られるようになり、仕事は楽しかった。全て順調というわけではないけれど、自分の短所を認めたり、仕事でのミスを反省したり、でもそうやって学んでいくことが充実していた。それまで出会ったことないタイプの人や、自分と似ている人と、仕事したり遊びに行ったり、昔の自分とは変わりつつあると感じていた。

父が病気で倒れてから実家へ戻ったので、そこから数えて二十年以上になる。つくづく一緒にいるとダメだなと実感している。年を取るにつれ母親に似てきた。最悪！　電話に出ると「あらぁ。お母さんに声がそっくりねぇ」と言われる。なんてこった……。

三つ子の魂百までというけれど、子供時代にかかった呪いが今も解けない。大人になってようやく、なんとか生きられるようになったけれど、いつも何かに足を引っ張られているような気がする。スタートラインが自分だけ違うような、行列に自分だけはみ出しているような。呪縛は死ぬまで続くのか、いつか解ける日がくるのか。

自分のことだけで精一杯なのに、親の面倒までみなくちゃいけない。こんな愚痴をこぼしたら、自分だっていつか人の世話になるだろ、と怒られそうだ。しかし例えば、わたしくらいの世代なら、仕事でそれなりのポジションに就いてこれからという時に、介護のために辞めなければいけなくなる。家庭のある人は子供や生活費にお金がかかる上に、介護費を出さないといけなくなる。更に夫か妻のどちらかが面倒みることになる。ヘルパーさんに頼んでも、何もしなくていいわけではないし、とにかくお金がかかる。親子関係がどうであろうと、身内とはそういうもの。わたしの場合、認知症の父はケアマネージャーや老人ホームと協力して、大変ではあったけれどなんとかなった。父以上にやっかいなのは母のほうだ。

何でも人のせいにするのは、母の最大で最強の欠点である。シズ江叔母さんはお母さんと話したいのだから電話してあげなよと言えば、かけなくていいと拒否しておきながら、叔母さん可哀想に、と憐れむ。ある日電車の中で座った時、小さなバッグを背中に置くので、降りる時忘れちゃうから膝の上がいいよと注意したら、忘れないから大丈夫と言い張り、結局忘れて、

「あんたが教えてくれないからだ」

と支離滅裂な文句を言い、終点駅の忘れ物係まで取りに行った。一人で行けばいいものを、一人じゃ分からないから付いて来てと、お願いする時だけ甘ったるい声を出す。全てにおいてこうなのだ。忠告を無視して我を通し、失敗すれば人のせいにする。子供より始末が悪い。

シズ江は九十になり、いよいよ老人ホームに入った。時を同じくして、父の具合が相当悪くなり、入退院を繰り返す状態で、シズ江に会いに行く余裕がなかった。入居して半年くらいだったか、長男から母が亡くなったと連絡があった。「葬儀は家族だけでやる、密葬にするため葬儀場では名前を出さないから、着いたら携帯に電話してほしい、迎えに行くから」。母は電話を切ったあとショックを隠せなかった。わたしに向かって、

「あんたがうちに来るなって言ったからだ。だから叔母さんは死んだんだ」

と八つ当たりした。あなたならどうする？　黙って流せる？　怒らないでいられる人がいるかね？　パニックになると分別のない発言をする。ＡＴＭの振り込み方、携帯の使い方、何回教えても出来ない。区役所で必要な書類をもらうのも一人では出来ず、ワクチン接種受けるのも一人では行けない。説明してもまた話が振り出しに戻る。今に始まったことではなく、若い頃からずっとこうなのだ。

葬儀場に次男の姿はなかった。縁を切ったと長男から聞いた。参列したのは八

人。入居中、シズ江は猫のぬいぐるみを離さなかったという。誰とも話さないでいつも一人でいた。いつも通り猫のぬいぐるみを抱いたまま昼寝していて、そのまま亡くなったそうだ。

みんないなくなった。四人のお祖母ちゃんはもういない。お祖母ちゃんと一緒の日々を忘れない。

死ぬのも難儀、生きるのも難儀。

圭子お祖母ちゃんがよく言っていた。

「どっちみち難儀なら自分の人生を生きなさい。親がどうだろうと、つーちゃんにはつーちゃんの人生があるんだから」

父はどんどん弱っていく。酒太りであんなに肥満であったのが、急激にしぼんでいった。いつどうなってもおかしくない。医者から告げられた。衰弱しているのは体だけでなく、認知症もだいぶ進んでいる。会話はトンチンカン、いきなり怒り出す。病人だと思えばしょうがないのだけれど、他人に迷惑かけてしまっては、しょうがないでは済まされない。病院の帰り、家の近くでタクシーを降りて、少し先に歩いて鍵を開けたら、なかなか来ないので探すと、三軒先のお宅の前で立ち小便している。家まですぐそこなのに我慢出来ないと怒鳴る。紙パンツを穿かせているのだが、言うこと聞かない、というか、言っても分からない。バケツに水を汲んで、父がやってしまった所に流して、お詫びしに行った。三軒先の御主人は、

「いやぁ。自分も年だし、いつそうなるか分からないから。気にしないで。掃除までしてくれてありがとね」

と気を遣ってくれた。でも世の中いい人ばかりじゃない。トラブルになったとしても仕方ないことをやってしまったのだから。

じきにトイレも出来なくなり、自力で立つことも困難になった。面倒みるのも

限界になり、老人ホームに入居させた。父は毎日電話をかけてきて、帰りたい帰りたいとしつこく言う。何度説明しても、いつになったら帰れるんだと大声を出すので、適当になだめて一方的に切る。翌日またかかってくる。父には気の毒だけれど、どうすることも出来ない。

母もわたしも、近い将来こうなるかもしれないのだ。

入居してから三ヶ月経った頃、父は危篤状態になり、老人ホームの近くの病院に入院した。

「延命治療はしないで下さい。最期の時がきたら自然に任せて下さい」

医者に話した。父がまだ会話が出来ていた時に、家族三人で話し合って決めていた。入院して二週間ぐらいで死去した。

不思議と、悲しいとか寂しいとかいう感情はなかった。心の準備が出来ていたからなのか。ただいなくなったという事実だけがあった。葬儀やら死亡手続きやらで忙しく、四十九日を終えてやっと一段落した。落ち着いたら喪失感が襲ってくるのかなと思ったが、しみじみするものはなくて、介護から解放された安堵感のほうが大きかった。

母を見ていると、〝負のエネルギー〟というものがあるのではないか、そう感じる。人間は忍耐強い生きものだ。忍耐強さゆえに苦しむ。けれど、父が亡くなってから母はどんどん元気になり、足が痛いだの目が回るだの言っていたのが嘘のようで、わたしのほうが先に逝くんじゃないかと思うくらいだ。

「年を取ってやたら昔のことを思い出す。ババアとあいつは死んだけど、死んでも飽き足りない。ますます憎さが倍増する」

母親をババアと呼び夫をあいつと呼ぶ。憎む力で生きている人である。

「あの二人より一日でも長く生きてやる。それが仕返しだ！」

本当にそうなった。キミエと父（時にはわたし）を恨み、憎み続けることが生きる強さになっている。大したものだなあと、いい意味か悪い意味か分からないけど、妙に感心してしまう。バカでもワガママでもどうにか生きていけるものなんだな、と悟ったような気になる。

この作品を書き始めた時、ささやかな復讐をしてやろうと企んでいた。家庭内の問題を第三者に晒《さら》して恥をかかせてやろうと。幼少の頃から、悲しいことや悩みがあっても、また楽しいことがあっても、誰にも言えずにいた。話せる家族ではなかった。親として何もやってこなかった両親を、介護し、面倒みている。ここまできて、あるがままを受け入れる境地に至ったようだ。怒りが湧かないわけではない。許せないものは許せない。つい最近も腹の立つことがあった。

銀行員がうちへ来た時のこと。母とわたしはケンカしていて、それでも用事があるから、二人で出なければいけなかった。銀行員は仕事で来ているだけだから、家庭内のことなど何の関係もない。そういう人を相手に、こんな子産まなきゃよかったと話す。銀行員は苦笑いして「そんなこと言わないで下さい」と言った。

他に言いようがないだろう。自分は何を言ってもいいかもしれないが、相手は困る。そんなことも分からないのだ。ちょっとした気遣いというものが出来ない。べつにいいじゃないよ！　とヘラヘラ笑う人間である。

こんな日々を生きていると、ささやかな復讐はどうでもよくなり、目の前のことで精一杯になる。治らないものは治らない。それでいいのだ。今現在は、母の終活や老後の準備などで、チマチマと忙しい。頭にくることはしょっちゅうある。傷の手当てをする余裕もなく、また新しい傷を作る。癒えないまま、わたしの人生は幕を閉じるのだろうな。

もしも生まれ変わるとしたら……本当はもう生まれたくないけど、もう一度生まれなきゃいけなくなったら……やはり人間に生まれたい。今度は何かの間違いでなく、人間に生まれるべくして。他の生物の生き方は分からないし。もしペットとして人間に飼われても、わたしのことだから可愛がられるペットにはなれない。捨てられるだろう。

失敗の多い後悔ばかりの人生になるかもしれない。今世よりひどくなる可能性もある。それと引き換えというわけではないけれど、海や星が見られる。おいしいものが食べられる。寿命がきたら死ねる。今世も不幸なことばかりではなかった、と言える。負のエネルギーが上昇気流に乗って、いつかプラスに変われたら、永遠に謎のルーツにありがとうと言えるのかもしれない。

著者プロフィール
中村 椿（なかむら つばき）
1967年生まれ
東京都出身、在住 エッセイスト
『オレンジの香り漂う中で』（文芸社 2019年）でデビュー

お祖母ちゃんと一緒

2025年1月15日 初版第1刷発行

著 者 中村 椿
発行者 瓜谷 綱延
発行所 株式会社文芸社
〒160-0022 東京都新宿区新宿1－10－1
電話 03-5369-3060（代表）
03-5369-2299（販売）

印刷所 株式会社晃陽社

ISBN978-4-286-25755-6

9784286257556

1920093010009

ISBN978-4-286-25755-6

C0093 ¥1000E

文芸社

定価（本体1,000円＋税）

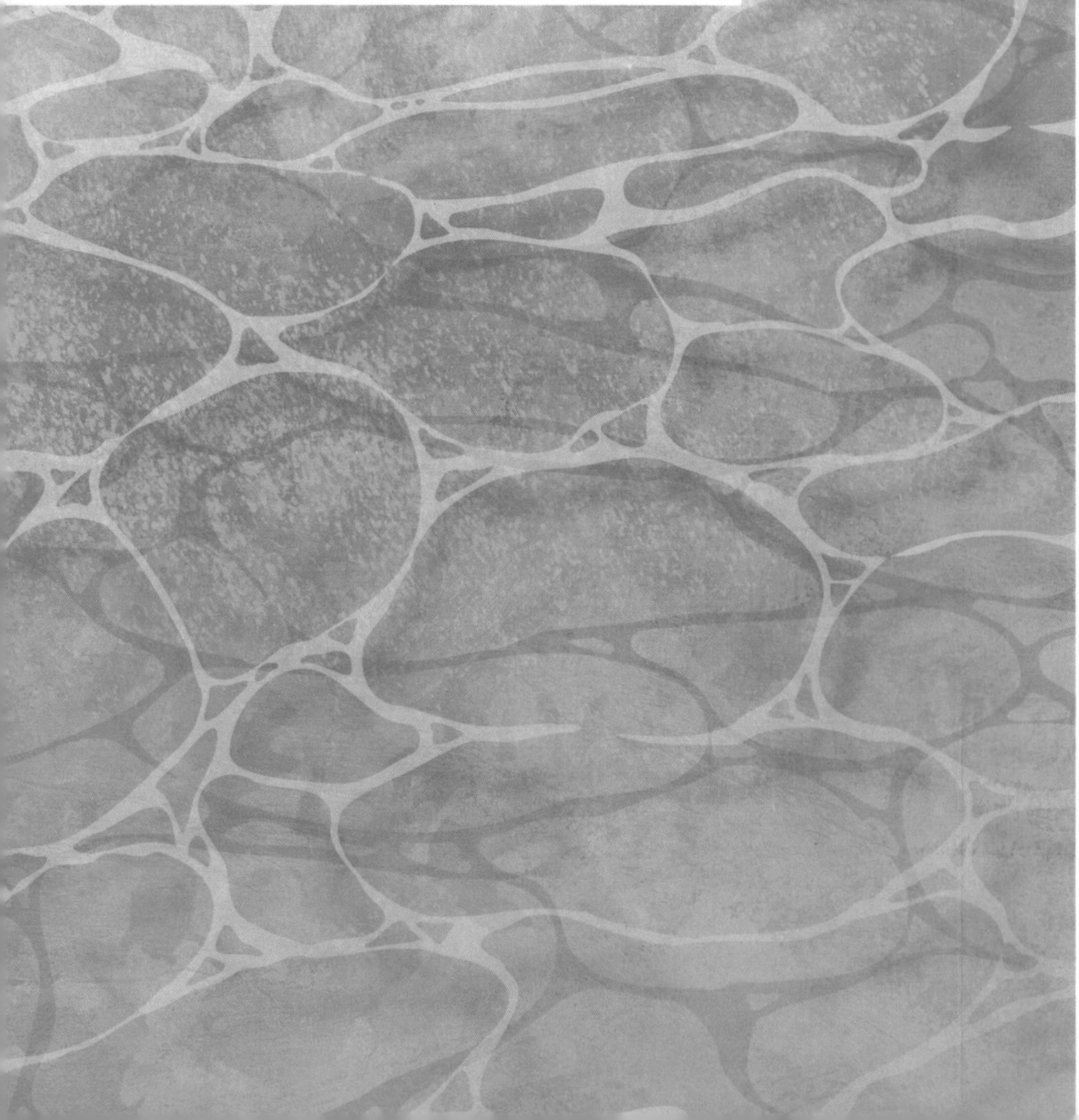

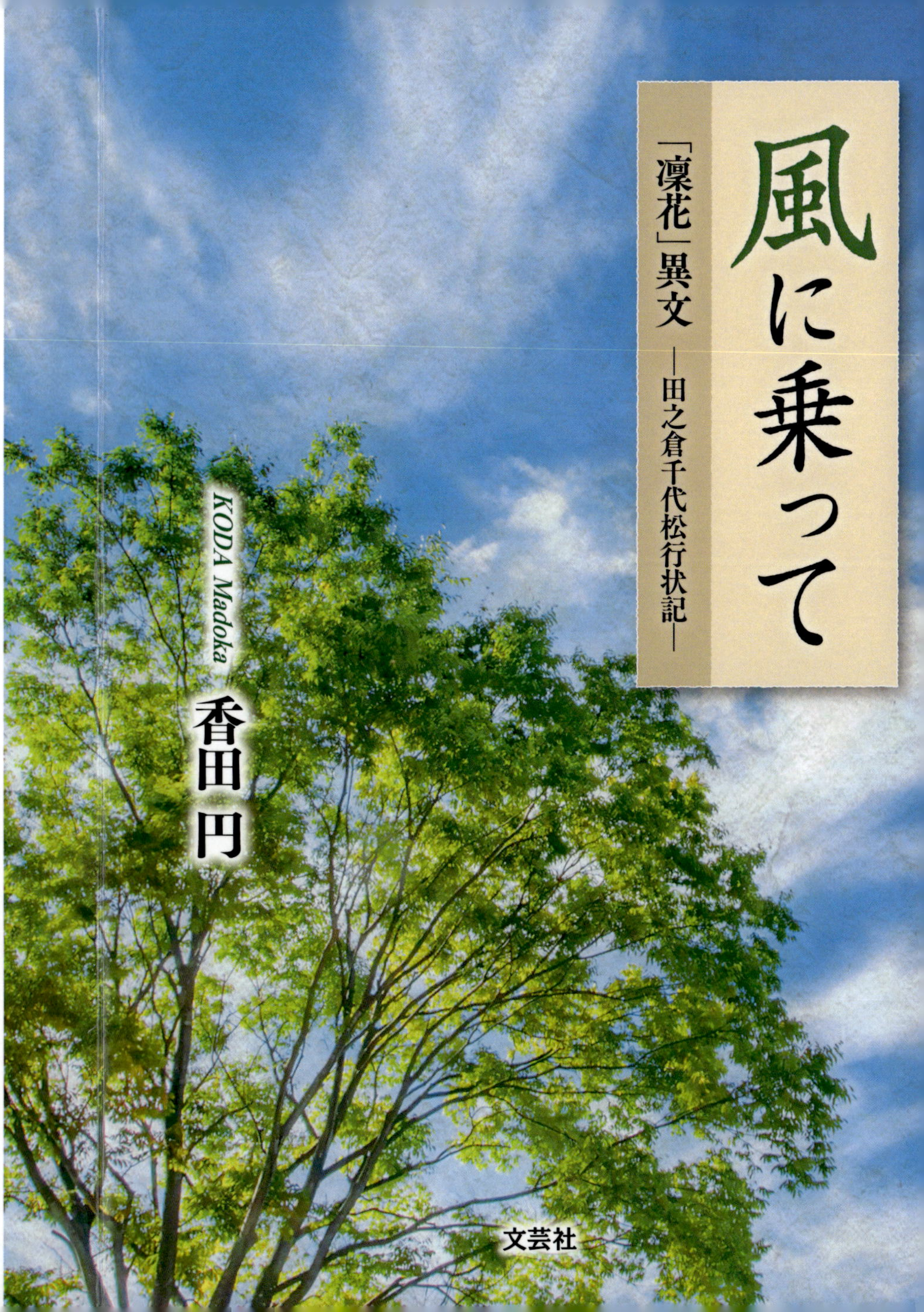

風に乗って

「凜花」異文
—田之倉千代松行状記—

KODA Madoka
香田 円

文芸社

カバーデザイン　木村 亜矢佳

風に乗って

「凜花」異文

―田之倉千代松行状記―

KODA Madoka

香田 円

文芸社